ENCONTRO COM A INVENÇÃO

Elisa Lucinda

PALLAS

EDITORAS
Cristina Fernandes Warth
Mariana Warth

COORDENAÇÃO EDITORIAL E CAPA
Daniel Viana

ASSISTENTE EDITORIAL
Daniella Riet

REVISÃO
BR75 | Clarisse Cintra

Este livro segue as novas regras do
Acordo Ortográfico da Língua Portuguesa.

DADOS INTERNACIONAIS DE CATALOGAÇÃO NA PUBLICAÇÃO (CIP)
(CÂMARA BRASILEIRA DO LIVRO, SP, BRASIL)

Lucinda, Elisa
Encontro com a invenção / Elisa Lucinda. -- Rio de Janeiro : Pallas Editora, 2024.

ISBN 978-65-5602-139-3

1. Poesia brasileira I. Título.

24-225625 CDD-B869.1

Índices para catálogo sistemático:
1. Poesia : Literatura brasileira B869.1
Eliane de Freitas Leite - Bibliotecária - CRB 8/8415

PALLAS EDITORA E DISTRIBUIDORA LTDA.
Rua Frederico de Albuquerque, 56 — Higienópolis
CEP: 21050-840 — Rio de Janeiro — RJ
Tel.: 21 2270-0186
www.pallaseditora.com.br | pallas@pallaseditora.com.br

Porque vives de mim, Sem Nome,
sutilíssimo amado, relincho do infinito, e vivo
porque sei de ti a tua fome, tua noite de ferrugem,
teu pasto que é o meu verso orvalhado de tintas.

Hilda Hilst

A chegada

Com os pés no real,
chegou com olhos moles,
janelas nítidas da boa alma,
pousou com sorriso aberto,
valente, tímido e profundo
à beira onírica do meu lugar.

Parecia que chegava
tendo muito para me dizer,
para não calar.

Chegou com o ar de quem atravessara um portal.
Veio de uma arte.
Era fruto de uma criação.
Uma imagem.
Passara na alfândega que suponho.
Chegou emocionado com malas leves de viagem
da literatura para o real
como se viesse de um sonho.

Chegou com olhos emocionados,
Dava pra ver o lago na borda do olhar.
Trazia notícias de longe
e parecia ter o que me revelar.

Rodeou-me decidido,
no meio do dia
no fim da manhã nova
à beira lírica do meu lugar.

Medo de olhar

Será Vítor o que vejo,
ou será tudo fruto do meu desejo?
Será o que será,
ou será só meu ensejo
e ao intuir eu planejo?
Será Vítor meu devaneio,
ou onde ele diz meu nome eu passeio,
porque seus olhos me olham em galanteio?

Mulher, ele disse,
e repetiu: Mulher.
A palavra me tocou fundo.
Fiquei muda.
Erma,
já não sabia ser a mesma.
Mulher, me diz, com aquela loucura
aquela espécie de fina sede
dos apaixonados seres.

E nunca mais fiquei totalmente normal perto dele.

A aparição

Ninguém vai acreditar:
Vítor saiu da literatura
e me olhou com olhos inspirados.
Rasgou o pano da ficção
e revelou-se epifânico,
exposto nítido
como aquela carta de baralho sobre a mesa.

Revelou-se.
Brotara.
Era ele mesmo,
saiu da literatura e chegou
até a realidade ornado de beleza.
Estava ainda lambuzado de ficção,
e surgi no meio do mato.
No mato da verdade,
mesmo ela não sendo de sua natureza.

Resultado: nunca mais fui a mesma.

Primeira leitura

A greve dos caminhoneiros.
O avião tempo demais no solo.
A turbulência que só a nós envolveu
e você, meu cavaleiro de olhos emocionados,
veio chegando decidido
enriquecendo os trabalhos.

Cartas são cenas,
cenas são cartas da vida
a serem lidas conforme a jogada de cada dia.
As horas marcando a espera,
cada ponteiro um talho.
Silêncio.

Vai me envolvendo o baralho.

O sumiço de Vítor

Sei dizer que quando voltei à página
do campo sonhado,
o cavaleiro não estava mais ali como de costume.
Só existia agora no real.
Tinha escapado
talvez sem querer,
do mundo do meu teclado.
Passei a transcrever fatos vividos com ele.
Ele.
O que nunca existiu fora daqui.
E de repente me aborda,
produzindo comigo na realidade
cenas preu depois escrever aqui.
Mas cá, neste território, éramos felizes para sempre.
Lá acharemos um lugar?
Eu vou querer Flamengo,
ele vai votar por Realengo.
Eu vou querer mãos dadas,
e ele logo filhos.
Eu vou querer congada,
e ele novos desafios.
O que será Vítor fora daqui?
Um nerd filósofo?
Um perdido homem entre uma idade e outra?
Me pegará pela cintura e dirá simbora, minha nega?

Igual que nem me chama sua boca
aberta ou fechada,
de qualquer maneira?
Não sei.
Se não der certo no real,
e ele destes papéis sentir saudade,
trago-o de volta ao mundo das imagens
que a palavra cria engendrando tecidos,
desígnios, estamparias, esteiras,
e Vítor volta a brilhar aqui comigo,
“estrela de minha vida inteira”.

Serendipidade

Talvez seja um erro
tentarmos marcar um encontro.
Talvez não seja o caso.
Somos obra do acaso.

Atravessada a fronteira

Doideira.
Quando eu nem te conhecia
e só te escrevia não era assim.
Mas depois que estive em sua presença
nunca mais deixei de querê-la.
Física, real, de material concreto,
presente, preciso.
Na vida.
Palpável e contundente,
como se sempre tivesse sido.

Deslimites

Me lembro nitidamente da noite em que te inventei.
Juntei aos sonhos duas xícaras
cheias de vontade de amar,
umas pitadas de cada coisa que amei
nos jardins de outros homens,
e te criei.
Eu poderia me chamar Gepeta,
se a rima da palavra não me desviasse tanto
por conta do som da letra.
No entanto,
me lembro que acrescentei à receita
uma fina camada apenas de ilusão.
Pronto.
Estava criado o meu personagem.
O homem e o nome.
Só fazia o que eu sonhava
e só sonhava nossos deliciosos delírios.
Era bom vivermos só nós dois no meio da madrugada,
olhos nos olhos,
um colírio,
cochichando coisas no ouvido,
dançando baladas.
Tudo no país da ficção.
Tudo sem trapalhada,
sem mágoa,

sem nada,
só curtição.
De tarde, algumas voltas até o fim do parágrafo,
uma descansadinha na redinha que a vírgula faz
se deitarmos ela diante da bela janela,
uma voltinha à noite na praça dos adjetivos
e suas passarelas,
madrugada inteira só conjugando verbos.
Havia feito muitos poemas para Vítor,
e o deixei morando em outro livro, o Vozes Guardadas,
no Jardim das Cartas entre poemas de vários temas,
ali os publiquei.
Não sei que horas cochilei...
Por onde teria fugido?
Como fez para passar entre as linhas dos cadernos,
ultrapassar as estreitas cercas que usei?
Como fugiu da página do livro?
Juro, juro,
asseguro que foi tudo feito sem pensar
que estivesse tão perto do real.
Ele fugiu da encadernadura,
meu Pinóquio.
Isso não é normal.
Olha ele ali!
Passa aqui, Vítor!
Não quero reclamar de você,
nem quero um dia falar mal.

Vem cá, vem.
Tá escuro, não lhe vejo.
Tudo é literatura no meu quintal.

Implantação do dilema

Agora que houve o beijo entre nós,
tudo é diferente.
Ficou o acontecido.
Ficou o que as bocas fizeram no verão passado.
Ficou o desconcerto,
os olhos fugindo dos olhos para o outro lado.
Ficou o não dito.
Você posto no ringue
como um amor recuado.
Fiquei eu com gosto anfíbio dos teus lábios.
Aquele luar desesperado atravessado na garganta,
suas palavras não breves,
suas palavras que pensam possíveis problemas adiante.
Antes do beijo.
Antes do durante.
Antes de ser amante.

A viagem

Tenho vontade de viajar com você.
Vontade de Uruguai com você.
Vontade de rir.
Vontade de Dunas.
Vontade de vir.
Vontade de Itaúnas!
Tenho vontade de viajar com você,
mas se você não existe além da ficção,
devo perceber:
que eu já viajo com você.

Compreensão do torpor

Só hoje percebi
as escadas do metrô!
Naquele dia não as vi.
Na primeira vez do primeiro beijo, Bem-te-vi, eu não vi.
Me atordoou o terraço,
me turbulenciaram
sua boca macia e a lua cheia.
Não necessariamente nesta ordem.
Naquele dia entrei na estação em desordem.
Quase perdi o trem.
Sua boca,
suas preocupações antes do inevitável.

Agora ando à noite pelo trilho da memória,
e vou driblando o impossível
pra te amar sem medo,
dentro de um mundo improvável.
Da última linha meu amor pulou pra cá,
saltou pra fora da página e me alcançou.
Implacável.

O encontro com a invenção

O trabalho que Vítor me dá
excede ao da literatura.
Ele ocupa espaços no meio da realidade
e não mora só nas páginas,
o que é em si um complicador,
e um ponto novo de atração.
Sei não.
Não posso escrever muito sobre isso.
Pode ser que se corra o risco
deste isso ser definido como uma espécie de obsessão.
Não é verdade.
Seria uma redução.
Vítor é apenas um amante inventado
pra quem direcionei
muitas cartas e poemas de amor.
Pra ele meus versos e sonhos.
Pra ele tudo que o enredo desejou,
certa que estava de sua irrealidade,
segura que estava
de minha autoria de tudo,
regendo a caneta,
rodando a chave.

Até que um dia,
inacreditável e discreto,

encantado dentro da aeronave surge:
Carta que não previ,
não percebi, não pude,
mas que já havia saído
no baralho, hoje sei.
Chegou à beira de meu lugar
e quando nos olhamos
o próximo passo era só a paralisação do tempo.
Em seguida a entrada para o portal do nosso encontro,
o imenso espaço do intenso momento.
No meio do pântano clarioso do sem-fim de nossas conversas,
impetuosamente confessei:
Sabe que o nome Vítor é também
o do meu amante invisível,
um amor literário, um eu lírico,
fruto de alguém que só o sonhou e que o escreveu?
Foi quando Vítor depositou os olhos móveis sobre mim e respondeu:
Eu sei, cheguei.
Sou eu.

“Você nasceu pra tudo o que é seu”

Chegou tímido vestido de sua íntima
e singela vaidade.
Era lá em casa,
no meio da aula dos versos.
Eu ministrava pequenos conteúdos,
mas não tirava, por muitos instantes,
meus olhos do visitante.
Não os olhos exatamente,
mas uma cuidadosa, inescapável atenção.
Depois que todos partiram,
ficamos na luz âmbar da sala, a sós.
A cerveja, a cachaça, as louças
na mesa bagunçada.
Tudo entre nós,
e a gente longe dos espaços mais confortáveis
preparados previamente e sem querer para nos receber.
Agora,
mesmo com tosse e uma leve febre,
envolto numa gripe,
ele brilhava.
Pode ser nada disso.
Pode ser impressão.
Pode ser o velho confete da ilusão.
Cavaquinho não teve não.
Mas quando antes do beijo

ele começou a tocar Djavan ao violão...
Foi doido.
Não tinha cara de real.
Parecia mentira.
Coisa inventada.
Requintes de uma ilusão.
Meu coração disparado.
“Sou um pouco árabe”,
ele me disse, com emocionada voz.
E eu não soube dizer mais nada.
Havia Djavan em nós.

Ação prolongada

Três horas da manhã
Vítor e eu nos beijamos no meio da sala
e o mundo, visível e invisível,
acompanhava o beijo todo na delicadeza daquilo.
Três horas da manhã depois de tantas palavras.
É quilométrico nosso tapete vermelho.
Não cerimonioso.
É como se curtíssemos todas as fases daquele encontro,
    este.
Vítor me beija delicado
e céu e terra desordenados
não acalmam meu coração,
porém, nada nos desespera.
O homem parece meu número.
Com tanta delícia cautela
me desmorona em seus braços
que, agora, mesmo agora,
quando sua presença não está mais diante da minha,
meu deus do céu,
pensar Vítor,
lembrar Vítor,
o sensual som do beijo só ao nosso alcance,
tudo na nave da porta do elevador,
faz minha alma ir também desfilando,
minha alma indo no beijo como no andor.

As pernas molinhas...

Quero sua presença, Vítor.
Todavia,
está molhada a calcinha da poesia.

O reconhecimento

Navegando no mar das coincidências,
ainda meio humano,
meio personagem,
veio tão lindo...
Achou que a gente podia se beijar,
que podia pedir preu não tentar esquecer seu nome,
achou que podia cantar Djavan pra acabar de me matar,
mas nunca realmente chegar...

Não sei,
sei que gosto da alma do homem que vejo.
Encontrei quem inventei.
Igual palavra antes desconhecida,
depois que o vi,
nunca mais deixei de ler,
identificar, achar, ver.
O nome do homem olha pra mim.
Oráculo, realejo,
resposta do enigma, alvorecer.

O dia é junho

Amanhece um dia lindo.
O nublado tem muitas sutilezas.
O nublado possui sua grande beleza.
A paisagem parece uma foto do passado, mas é presente.
Cinema mudo.
É a fala das coisas sobre a natureza.
Chove na cidade.
Parece um vestido.
Densa, a alma se depara com a feira na minha ruinha
nova.
Caldo de cana, maracujá, abóbora.
Tudo me olhando entre aipos, coentros, maniçobas...
O espanto de existir é um impacto!
A experiência é um dínamo que minha poesia dispara.
Ó vida doida e boa...
A vida se renova na minha cara.
Nada é fixo.
Nada para.
No futuro tem muita coisa.
Mora muita coisa
no vácuo do inacontecido...
Mora um jardim florido
ainda sendo construído,
moram inéditos compromissos,
moram os imprevistos

e reluz em tudo isso
o aniversário dele,
o erguido do verbo.
Amanhece um dia lindo, brilhoso, quieto.
É junho,
só podia ser junho,
só podia ser isso.
Junho em punho,
nunca omisso.

É junho
com seu Xangô,
com sua fogueira
e seu feitiço.

Transe

Sinistro.
Faz pouco tempo que Vítor saiu.
Estou a flutuar.
Paredes testemunharam o furtivo encontro.
Há mistério entre nós.
Corro pela casa.
Tenho 13 anos.
Sorrio pelos cantos.
Saltito e rodopio sem querer.

Agora estou adulta de novo
diante do meu caderno de perceber.
Tenho até medo do que vou escrever,
fico quase constrangida de falar.
Mas esse beijo, sei lá,
esse delicado jeito de me beijar,
não sei porquê,
não sei explicar.
Tudo me soa estranhamente familiar.

Parada na porta de casa,
encostada no umbral da sala,
inebriada e sem falar,
de olhos fechados,
coluna posta sobre o espaldar,

trago o gosto do beijo na boca
como num alguidar.

Terraço lunar

O céu enluarado do que
ainda não se disse,
as estrelas como assuntos rebrilhando sobre as avencas.
Tudo, tudo absolutamente tudo,
até às incertezas,
até o mistério simples de cada cena,
tudo me leva ao poema.
Tal qual minha principal estrada,
tal qual uma rua acesa,
tal qual a resolução de um teorema.
Tudo me reconduz ao poema.

O personagem

Roubada?
Mancada?
Desde o dia em que encontrei seu nome no homem
nunca mais achei o caminho de casa.

Nação Zumbi

Ontem, na hora em que nos abraçamos,
uma coisa foi fato.

Alguém em mim
não queria mais partir do espaço do acolhimento,
ninguém parecia querer sair dali de imediato,
do país daquele abraço.

Cinema

Ele estava lá, me esperando...
Era realidade
e parecia coisa de filme.
Roupa linda.
Calça linda.
Casaco de um verde com o qual tenho um delicioso caso
    de amor.
No entanto
e todavia,
o corte do cabelo me perderia de beleza.
Que alegria.

Achei covardia.

Trem de pouso no meu coração

Ficou muito tempo em terra a aeronave
e nós dentro dela na viagem.
O tempo dilatou-se por dentro em nossa órbita,
no planeta do encontro,
aquele que independentemente se move.
Voo mil duzentos e nove.
A turbulência, a palavra em sequência, o planeta das
pseudocoincidências
se apoderou de nosso acaso e assumiu as narrativas.
Agora, que matemática explica?
Que teoria o enigma resolve?
Mais uma hora e meia em terra,
um brinde àquela doideira,
conhecer um certo jeito
um homem, um sujeito
que me encanta e me comove.
Qual rota?
Voo mil duzentos e nove.
Me acode que não esqueço aquele beijo,
me acode que eu planejo
mais beijos,
vinhos e queijos,
mais cortejos,
leves estratégias de aproximação,
ímpetos, lampejos.

Me acode que não esqueço aquele beijo.
Fecho os olhos.
Vejo.
Não choro
e lá fora não chove.
Voo mil duzentos e nove.

A boa hora

De tempos em tempos
o amor me encontra,
me pega pela cintura
e me diz simbora.
De tempos em tempos
o amor chega em mim
e não demora.

É isso agora.
O amor está quase me encontrando de novo
e vai chegar na hora.

Asa do desejo

Faz manhã nova.
Por um tempo minha andorinha pousa no fio da memória
e me promete trazer flashes em forma de bilhetes
    ao longo do dia.
Nada poderia tirar de mim a alegria de ver um dia novo
    de novo.
Grande e discreta alegria da vida: ver o novo dia,
apesar do que, vindo da Transilvânia,
o presidente postiço do Brasil,
este Drácula que traiu a nossa presidente,
e realmente traiu,
atentar contra a gente.
Drácula.
Olho-o. Presumo dentes.

Por isso, amor,
a lembrança de sua gargalhada é uma asa boa na qual
    escrevo versos,
filhos da manhã que reboa e entoa a música do beijo
    interrompido.

É manhã nova.
Você voa comigo.

Poema para um nome inventado

Tenho pensado em você.
Não esqueço o abismo bom dos seus olhos
em meio à turbulência do voo
ainda em terra.
Nunca saberemos o que ali se passou?
Sempre saberemos o que soubemos?
Ou sempre lembraremos do que nunca existiu
e, por isso, nunca se acabou?

Gula

Não quero perder nada,
nem a poesia,
nem a pauta,
nem a prosa,
disse-me Vítor.

Quem disse?
O sintético,
o economista,
o estatístico?
Ou o poeta,
o compositor,
o quântico,
o laico,
o quase místico?

Ah, eu que não quero perder nada dos indissociáveis,
do ponto de vista emocional, abstrato e físico.
Quero tudo: o sintético, o economista, o estatístico,
quero o poeta, o quântico, o laico e o quase místico.

Posologia

Na beira da madrugada
espero uma mensagem,
um feixe de palavras.
Espero alguma
coisa do combinado.
Ele até disse qual seria o assunto.
Ou será que entendi errado?

Estranho homem.
Me atrai e me encabula.
Deixe-me ler direito a bula.

O inexplicado

No pensamento, de súbito, do nada,
Vítor quer ser chamado agora de Douglas.
Digo: Não.
Que não migres pra outro nome, ordeno!
Mas outra vez me ocorre, em outra parte do dia,
em um novo tempo da hora em que penso Vítor, e digo
    Douglas ao invés de.
Ninguém sabe explicar nada.
É mesmo sem cabimento,
porque o nome Vítor é uma ficção que até explico,
tem caminho para o compreender.
Tem assentamentos apoiados na realidade,
substância para ficção.
Já Douglas não.
O que é esquisito,
é que acho também um nome bonito,
mas não vejo ali uma lógica no entender.
Ó subjetividade,
tanta coisa pra gente saber!
Me ronda e me enrola o inexplicável?
Eu não saberia responder.

Indução ao chifre

Só por causa do desprezo do Vítor com o nosso encontro,
fui parar nos braços de outro.
Por causa dele!
Se tivesse me acolhido como prometeu,
se tivesse me chamado pra dançar,
se tivesse me levado ao cinema,
se tivesse cumprido nossos combinados,
e não tivesse me esquecido no Chorinho,
a coisa já teria pegado pelo natural caminho.

Mas o que sei eu sobre caminho natural?
Quem sabe o natural do caminho?
Quem sabe o natural do caminho é esse... torto?
É isso:
Meu encontro com Vítor talvez dê mais certo
quando é o acaso que marca, como foi da primeira vez.
Não sei.
Sei que por ele minha alma bambeia,
sei que não me sai do pensamento.
Tenho medo de trair pessoas com Vítor. Muito medo.
Ronda minha cabeça seu beijo mel.

Vítor me faz infiel.

A tentativa

Pra esquecer-te
me lancei ao baile querendo dança,
mas queria mais:
Arrepio, fascínio, beijo na boca
e ainda assim,
uma estrela a mais.
Lá, mesmo
nos calorosos braços do outro,
tive saudade de ti.
Quase loucura.
O outro dizendo "já lhe amo"
e eu com o pensamento em ti,
meu colibri,
meu pássaro tocador de cavaquinho
no Chorinho do céu.
Para esquecer-te
aceitei cortejos,
e deixei que me levassem por caminhos que sonhei ir
contigo.
Deu errado com tua ausência.
Ela apareceu por lá.
Pude ser o carinho daquela hora,
nas mãos do outro,
o sexo, a deliciosa troca de prazeres...

Mas havia um território onde andavas destemido dentro
de mim,
e que me assombrava.
Romanticamente, mas assombrava.
Por que não me deixavas,
ó cavaleiro lembrado imaginado
e nunca existido?
Tu me piras.
Tu me inspiras.
Pensar em ti.
Conversar com você
me põe a bailar.
Fui ao baile querendo de ti me desencantar, Vítor.
Mas deu errado com tua ausência,
ela apareceu por lá.

Método

Voltei a pensar em Vítor!
Queria que ele me amasse.
Queria ser uma menina entrando na faculdade
e já me apaixonando por ele.

Mas aí, naquele tempo o amor me doía diferente.
Não era assim, com esta alma tão longe do livro,
essa espécie de paciência.
Por isso, quando o pensamento vem à mente não evito.
Voltei a pensar em Vítor.

O enigma

Quando ele me deixa assim
nua de palavras
nem sei o que dizer.
Costuma dizer que vai telefonar e não telefona,
costuma não responder.
Quando me deixa nua de palavras
não sei o que vestir,
como aparecer,
com que roupa,
com que palavras.

E me dispo ao escrever.

Nudes

Foi só ver a foto dele e pronto,
bastou para que os países baixos se manifestassem em
    pulsões,
não há outra palavra.
Peço compreensão.
Palavra é coisa que tenta a tradução.
Nem sempre consegue.
Os olhos parados de Vítor na foto na tela da TV
    me tiraram de órbita.
Quis pedir que nunca mais me mandasse nada.
Os retratos dos olhos dele me mobilizam, arrepiam,
espalmam meu ventre.
São nudes.
Mostram-me sua alma nua
e eu fico doidinha.
Por que não dispor de palavras e coragem pra dizer
    olhando nos olhos?
Por que isso?
Tenho vergonha.
Ó vida, coisa linda e louca.
A verdade tira minha roupa.

Carta ao silêncio

Ele tem a mania de encher nossas correspondências
com altas doses de silêncio.

Fico chateada.
Espero parágrafos.
Cartas.
Não que ele me tenha prometido.
Mas nossas conversas fluidas não só me viciam
como me induzem ao erro.
Eu não sabia que era assim?
Será de agora a reservada característica?
Ou quem sabe ele sempre revelou
esse traço forte de não oferecer fartura de palavras
em mensagens virtuais e eu nunca tenha reparado?
Engraçado.
Me divirto com este nome guardado em mim.
Meu bem querer.
Ninguém sabe.
Ele, o que nunca parte,
fez sua cama sob o luar de minha página e lá se refestela.
Recebe a réstia de sol que entra pela janela
e deixa que risquem seu corpo os raiositos dela.
Vítor viaja e sempre volta
para nossa nave
onde a deliciosa conversa impera.

Neste portal me aguarda sem
reter nas mãos a costumeira chusma de silêncios
que costuma me ofertar.
Vem leve, livre, solto.
Pronto pra brilhar.

Agora o compreendo,
Ó cavaleiro do ar,
te espalhas e em
nossa presença não me falhas,
não amesquinha doação de palavras.
Não,
em presença de nosso encontro no campo da página.
Vítor não economiza nada.
E diante de mim, fala.
Quente.
Emocionado.
Premente.
O perigo.

A boca quente na minha frente.

O trote

Não entendo por que
quando ameacei nunca
mais dizer seu nome, ele protestou.
Não sei por que
as duas vezes em que o poema avisou
que eu ia deixar de querê-lo,
ele disse que não,
preu não fazê-lo.
Ele mesmo em pessoa
me pediu que não.

Agora passeio sozinha na praça,
me parece,
com o nosso encontro na mão.

A fala nos abismos

Está bem.
Confesso.
Mesmo permitindo receber de outro homem o cortejo,
Vítor não me sai da cabeça.
Uma saudade de passar as tardes com ele,
e atravessar madrugadas
envolvida na prosa sem fim.
Se eu pudesse escrever o que sinto,
se eu pudesse nos traduzir em um novelo no qual
    as palavras nos tramam,
seria mais ou menos assim:
dois passarinhos que conversam
e mesmo voando em céu alto aberto
parece que estão no nim.
Só escrever isso acelera meu coração,
meu passarin.
Tu, Vítor, está me tornando infiel.
Se tu ancorasses direito o nosso amor
no tempo certo de suas demandas,
o vento não passaria por aqui,
trôpego de ti,
como a minha alma anda.
Ameaça-me a possibilidade de nunca mais dizer teu nome.

Está bem, eu confesso:
fui dançar com outro
e deixei ele me levar.
É verdade.
Não tenho como negar.
Mas o pensamento do Vítor me acompanha.
Está no cantinho quieto.
Parece um marido que nunca foi descoberto.
Mas Vítor não é isso.
Aqui não, aqui Vítor é amante
alma delirante.
O namorado das estações.

Tudo isso que falo aqui no meu caderno invisível,
não é só fruto do meu desejo,
mas também fruto do que vejo.
Por isso, o perigo que nos ronda,
está na beirada das conversas,
na borda dos desejos.
Ai, nossas conversas,
precipícios de beijo.

A invasão

De repente, uma profusão de Vítores
deu de pipocar no meu quintal.
Loucura?
Uma coisa doida.
Acho uma criança incrível de linda, no meio da festa.
Me aproximo.
Aquela coisinha com menos de dois anos me olhando e
rindo.
Ela de gorro emoldurando o rosto.
O menino estava posto como um poema no caderno
de poesia.
Era preto, e a sua aura, maravilha.
Olhou-me com tanto gosto e eu a ele nesta tarde antes de
agosto.
Logo logo eu descobriria, seu nome era Vítor, pra minha
alegria.
A outra cena é dentro de casa.
Eu ali na sala,
ouvindo CDs.
Organizando meus cadernos com letras de música,
encartes amados,
encartes autografados
por quem me ama e por quem amo.
Quando, de repente, esbarro por distração e engano
numa torre de diversos,

e despenca sobre mim,
grave e sutil,
o CD *Ramilonga*!!
De quem, de quem?
Do Vítor Ramil!

No mesmo dia, à tarde,
diante de mim, Pablo.
Adolescente indefeso,
já foi preso pelo sistema socioeducacional,
e agora em semiaberto, procurando emprego,
o meu igual, preto, jovem, brasileiro,
fala um poema de Bertold Brecht que lhe ensinei.
Lindo. Amei.
É uma paisagem ouvi-lo.
Vê-lo então é um céu!
Já é pai de um menino lindo.
O nome?
Vítor Gabriel!
Delírio?
Não, é a vida,
a vida e o roteiro de seu escarcéu.

A vida,
meu bem,
está me levando à dramaturgia com Vítor.
Vítor, Vítor, Vítor...

Devo esquecer teu nome?

Responde.

Loucura?

Não.

Literatura!

Deu no jornal da ilusão

Da segunda vez que lhe mandei um poema e ele deixou
cair no chão,
comecei a entender que Vítor não era o homem que eu
sonhava,
o homem que pensei que houvesse nele,
o homem que fosse realmente aquele
que se apressou em me dizer que era.
Quem imaginaria que ele desprezaria uma mensagem em
forma poesia?
Quem imaginou que tão cedo me esqueceria?
Na verdade mesmo, na vera,
Vítor se fantasiou do que eu queria,
se vestiu de minha quimera
e foi sendo o bem que eu quisera
e não sendo o que ele era.
Quando ficava mudo
era por excesso de saber...
Eu achava que era.
Quando insistia em não me responder,
eu pensava que era por conta de muito trabalho,
não tinha tempo de me ler.
Quando enchia de silêncio
nossa comunicação,

quando abandonava por semanas a lira de nossas
conversas,
pátria certa de nossa união,
ô meu Deus,
embora óbvio,
só agora dá pra perceber,
que aflição.... era tudo uma fileira de nãos!
Era um cardume de nãos!
O que me confundiu
foi o pequeno conjunto
de doidos sinais,
somado à minha má interpretação
diante da dupla
pegada das mensagens.
Às vezes parecia que me queria
principalmente quando no modo sem fim
conversávamos...
e especialmente
quando me beijava nas escadas.

Tudo escrevi aqui
como notícia fresquinha
mas é conhecida novidade.
Tudo isso Vítor sabe.
Agora que é manhã nova na calçada de meu dia
passa um menino vendendo
um jornal velho.

Ainda bem
que o menino é novo, é sábio,
renova-se nos dilemas
e tem alminha de poema.

O limiar

Engraçado que você não sai da minha cabeça
mesmo depois de eu ter arranjado outro.
É isso mesmo que você ouviu.
Cansei!
Sim eu sei que te inventei,
mas a qual deixei de inventar?
O que é o grande amor se não o embate do criador e da
criatura?
Ó destino inquieto dos amores,
salve, ó literatura!

O áudio

Quando passar isso,
não vai ter jeito,
vou querer entender por que tua voz aquecia tanto meu
    peito.
Entender o corriqueiro milagre do que chamamos
    encontro.
Pode ser quântico, laico, matemático, do ponto de vista
    do acaso.
Teu trilho de discurso
me conduz a atalhos sensacionais!
Sei lá,
seu feitio de falar
me leva para aquela rua
onde adolescentes casais
se escondem dos pais
atrás da igreja.
Veja:
Quando tu falas minha alma lateja.
Quer conversar, multiplicar-se.
Busca metabolizar-se na alma complementar.
Quer viajar na estrada da prosa.
Tudo sincero, tudo sem truque.
Quando tu falas minha voz não cala, embora te escute,
quando tu falas, embora eu lute,
alguém em mim se embrenha no corredor da sala, divaga,

o fone no ouvido, o olhar perdido,
e não quer mais saber de nada.
Quando tu falas,
com essa voz de rubrica,
esse entre parênteses,
esse aconchego quente,
essa desprendida lógica,
esta pegada de artista,
não sei não...

Ó despretensiosa voz,
por que me chamas?
Por que me atiças?
Quando tu falas,
me leva a lugares,
a bares,
mas o encontro não acontece aqui.
É em nave,
é de signos,
é dos ares.

É, não tem jeito,
quando passar isso
vou querer entender por que
tua voz beijava tanto meu peito.

Quando isso passar
vamos dizer que foi um portal,
que a coisa não se deu aqui,
que foi simplesmente sobrenatural.

Quando passar isso,
vou querer entender porque tua voz
inspirava tanto meus seixos.
Não faz mal,
vou querer compreender
por que, sendo a poesia confessional,
é considerada literatura ficcional!

Página de diário

Prezado Diário poético da minha vida que só sabe me
fazer olhar direito assim,
por suas páginas, clareiras de meus observatórios
diários!
Ó, meu caderno querido, chove lá fora e percebo que,
do mesmo jeito que vejo pela primeira vez pássaros
molhados
aparentemente felizes sobre o telhado do teatro
que capto de minha janela nova e é isso estranho,
também não conheço o pássaro Vítor direito,
quem é, qual o seu real tamanho.
Quero o que vejo nele.
Mas ele é o que vejo?
Provavelmente sim.
Possivelmente não.
É domingo e foi num sábado vinte e seis de maio
que o conheci.
Não procurei.
Não fiz nada, juro.
Só aceitei o acaso.
Veio todo lírico à minha beira
portando verossímeis cartas na mão:
O imperador,
a imperatriz e
a carta das coincidências.

Trazia um lago no olhar
e para ele me atraiu.
Desde então,
mora comigo no pensamento,
este barraco a céu aberto sobre o chão de estrelas.
Sinto que também moro lá, no dele.
Tecemos palavras ali dentro,
em nosso planeta conversa
algumas vezes ao dia.
A vida parece nos citar
um para o outro, nos remete através de temas diversos,
uma linha autônoma de associação.
Doideira,
uma verdadeira teoria da inspiração
com a carta das coincidências a toda hora nos
aprontando alguma.
Mas há muito mistério rondando
este enigma,
cuja presença me faz estranhamente bem.
Nós dois gostamos da nossa presença, eu sinto.
Acho que ele acha que é de outras vidas a nossa gira.
Foi isso que quase respondeu à curiosa intrometida lá
do trabalho dele, quando perguntou com olhar de
malícia de onde nos conhecíamos.
Também não sabíamos responder e o silêncio de segredo
que antecedeu à resposta confirmou a desconfiança.
Senti um embaraço no ar.

Foi parecido com aquele que rondou nossa primeira despedida quando não se sabe até hoje se houve ali selinho ou não.
“De onde vocês se conhecem?”
(Pequena pausa)
Dizer “no avião” seria quase mentir.
Seria pouco.
Porque não foi avião,
foi nave.
Era voo.
Coragens.
Éramos aves.
O tempo entrou nesta claridade,
se dobrou por dentro
e por fora,
dilatando em
mais de duas horas
o que seria antes só quarenta minutos de viagem.
Os problemas no trem de pouso só melhoraram nosso plano de voo.
Tempo, a carta coringa do jogo.
Porque era tudo usual, natural, pura casualidade
mas não era normal.
Era portal.
Ó meu diário, quem é Vítor enfim?
Mix de poesia e prosa como isto que escrevo agora?
Me omitiria uma decepção?

Acho que sim.
Nesta semana que acaba,
deixei de ir à sua casa
e eu fiquei achando que ele pode ter até esperado mais do
que revelou...
Jamais contou talvez com minha ausência.
Talvez tenha ido até vestido com a camisa verde
com a qual minha saudade o presenteou.
Confiou numa sinergia,
mas algo ele disse que me induziria a pensar que naquele
dia eu não deveria mais ir.
Até agora não percebi direito o que ocorreu.
Deveria?
Os futuros dos pretéritos são perigosos,
são abismos do que teria sido...
Acho que não compreendi os códigos.
Mas no fato ficou estampada minha ausência.
Eu que já estava me aprontando para o desejado
compromisso, quando li o bilhete:
Não pude preparar sua vinda mas mantenho o convite.
De repente me achei meio sem lugar.
Me metendo numa gira, sei lá, poderia parecer uma
intrusa, não parceria.
Acho que, por tanto zelo, acabei avaliando mal.
Naquele dia amarguei a lua cheia dentro de mim.
Queria que alguém desse um giro na terra pra voltar
um pouquinho,

"rodar as horas pra trás" roleta que para naquele momento de minha escolha,
igual também para no seu nome o giro das notas na tela do celular.
Porém, eu não soube interpretar direito o desejo dele e nos faltei.
É domingo,
tal qual uma casa nova ainda não conheço muitos cantinhos dele.
Mas amo a visão cosmopolita deste atraente ser que me deixa ver com orgulho todo o seu Realengo.
É domingo.
Eu estava lendo.
E parei pra escrever pra me entender um pouco mais.
Não quero quebrar nada desta trama delicada e deliciosa
composta por tantas palavras e uns beijos doces,
saborosos e sem qualquer desespero.
Não quero quebrar nada.
É singela e sofisticada em sinapses
e quebradas na riqueza dos encontros.
Não é formal.
Mas é cristal.
Vê-se.
Que tipo de pássaro comemora a chuva pousado
sobre telhados teatrais na Copacabana domingueira?
Que nome têm ele e seus irmãos

que toda hora bicam farelos aos quais não consigo avistar
daqui, do décimo andar?
Da mesma maneira pergunto que tipo de pássaro é Vítor?
O da alma múltipla...
O homem que tão bem guarda suas intenções...
É meio do dia.
Vou cozinhar.
Monica Salmasso solta sua melodia
sobre a luz da casa.
Guardo também segredos.
Conheço gente que ficaria inseguro se soubesse que
penso tanto no Vítor!
E com razão.
Mas não quero nem saber.
Não tenho culpa.
Não escolhi ele.
Fui envolvida numa trama universal num dia de sábado,
26 de maio ao meio do dia num dia quase como esse.
Pra você me desnudo, diário meu.
Chove nas plantas lá fora,
e aqui dentro é isso que ocorreu.
A turbulência nunca mais parou
desde aquele sábado bonito e insano,
ó querido diário meu!

Segredo

Teve um dia que não aguentei.
Olhei pros olhos encantados dele sobre mim
e perguntei:
Vocês querem me namorar?
Foi quando a boca dele ficou me olhando entreaberta
  e sem parar.

Mentira. Estou escrevendo mentira.
Não pedi foi nada.
Cadê coragem?
Nem temos nada exatamente nós dois.
Não pedi mas pensei.
É romance de caderno, ponderei.
Desde então, namoro com os olhos dele assim.
Namoro escondido de mim.

Torcida para perder o juízo

Vítor, Vítor, Vítor,
por que não me beija logo?
Por que adiar a língua com a própria língua?
E por que não para de falar?
Eu também não paro.
É uma delícia.

O abismo das palavras onde andamos pelas bordas na
 ponta dos pés.
Ah, Vítor,
que ideia é essa minha?
Não se deve se envolver com gente que a gente criou.
É antiético.
É incestuoso.
É quase um ato malfeitor.
Mas o que posso eu fazer?
És tu o escapado,
o achado dentro do avião,
o encontrado fora das páginas sem a minha autorização.
Vítor, agora tu perambulas exilado da literatura.
Agora que estás aqui com a mão na minha cintura,
vamos dançar?
Da dança pra cama
da cama pros lençóis de ninar?
Ai que delícia,

que delícia,
que delícia deve ser um dia a gente transar.
Olhar tua cara ao acordar.
Mas não,
parece que Vítor não foi programado pra viver comigo.
Parece que Vítor não foi programado pra isso.
Parece que Vítor nisso é omisso.

Tudo indica que não dá mesmo pra Vítor continuar aqui
nos becos da realidade.
Não se lançando humanamente sobre as coisas
como se espera de um homem.
Não.
Às vezes eu o acho limitado.
Ama mais por palavras do que por ações.
Restrito.
Mas é tão bonito o jeito que ama com o verbo.
Cavalga.
Mistura.
Preenche.
Estrutura as frases,
o pensamento.
É bonito.
Eloquente.
Navega bem em longos períodos.
Seus botes de advérbios,
tuas canoas de preposições, estão sempre à mão.

Usa crases como lanchas!
Usa conjugação como quem maneja uma espada
confortável.
Ah, Vítor, meu coração instável te quer aqui,
com esses olhos profundos na minha cama.
E ao mesmo tempo sabe que a coisa inventada
não é exatamente a coisa que se ama.
Ah, cansada,
cansada,
cansada,
cansada.
Há um Maracanã na minha alma gritando seu nome.
E é tu meio deslocado
sem nunca estar pronto para tirar a roupa,
perder o juízo.
Queria que tu perdesses o juízo.
Vítor, perde o juízo, perde?
Perco o juízo e fico cantando,
agourando:
Perde o juízo! Perde, perde, perde!
Perde na minha frente!
Perde o juízo, se descontrola. Fica indecente.
Vem depressa beijar as bocas da gente.

A volta

Sem que eu percebesse
houve um dia
em que Vítor soltou minha mão.
Saiu daqui.
Interrompeu sem aparente motivo
a saborosa brincadeira comigo.
Resultado.
Vítor não serve pra gente.

Vítor é coisa de livro.

Versão chata do Vítor

Descobri por que me fere a expressão dele "diferença de expectativas".
Significa que você não quer comentar
comigo a eleição, o livro sobre Marielle, a cara da tarde.
Significa que não significa nada meu recital de ontem,
o torpor da plateia goiana e o "ele não" espontâneo dela,
não vale nada o que componho,
nem sua vida em Realengo,
sua mãe dizendo não inventa, Vítor,
nossa saudade,
a própria amizade, o compromisso.
Seu pai ancestral árabe.
Aquilo que no pensamento nem cabe,
que só fica completo quando você chega no fim de semana.
O romantismo que nos irmana
o filme, a música, a poesia,
a eleição, a polarização,
o que cada um fará ou faria,
a minha vida ativa,
suas emoções passivas.
Descobri por que me dói a expressão:
Diferença de expectativas.

Cadê o gato que tava aqui?

Cadê os olhos de Vítor?
Vi minhas palavras sobre ruas a perguntar:
Onde estará Vítor?
Quem pode me responder?
Onde estará?
A quem pode tal resposta interessar?
Sou eu quem procura na noite o homem do meu sonho
pra ele vir dormir comigo e fazer a terra estrelada
girar.
Cadê os olhos de Vítor a me procurar?

Anúncio pelas ruas da alma
(ou Aos caçadores de recompensa)

Procuro o Vítor do avião
ou o que dele houver restado,
pois tem direito a alguma consideração quem com
ele, de um jeito raro,
terá encontrado;
merece alguma compreensão
quem talvez o houvesse tomado pelo outro da ficção.
Procuro, procuro o Vítor do avião,
mas sem sair de casa.
Sem ir para os lugares onde seus motivos estão.
Procuro o homem da conversa infinita ao telefone
    atravessando a madrugada,
procuro a porta de entrada,
a via daquele portal,
a onda daquela
quase espécie de leve paixão.
Procuro a velocidade parada daquele dia naquele ciclone
que nunca ninguém viu
nem exigiu explicação,
apenas alguém respondeu,
sem certeza ou razão
que podia ser de outras vidas
aquela espécie de união.
Onde estará ele?

Em alguma nova missão,
aparelhando o velho Oeste,
a zona da revolução!?
Estará salvando alguém?
Libertando algum irmão?
Onde estará aquele bom anfitrião
do reino de minhas palavras,
aquele homem cujas palavras
demoradas na garganta
abrigava meus neologismos
e harmonizava nossas aventuranças?
Onde estará o velho
que não para de trabalhar,
o moço que toca cavaquinho
e que oferece pra me agradar
uma esperança que não para de afinar.
Onde estará o par de olhos apaixonados,
um jeito árabe de me olhar?
Onde estará o menino que quer só escondido me beijar?
Procuro o que não tem tempo,
o que não responde,
o que me admira sem me atender,
o que comigo se encanta
sem me procurar.
Ninguém sabe por que
ainda estou aqui,
perdida na estrada do poema,

perguntado por um desaparecido,
que pode mesmo não ter existido
e ter sido parte de uma impressão.
À vezes dá medo
andar assim na noite escura
por um chão de terra dura
com placas erradas,
e vagalumes enganando a criatura,
com sinais acesos me levando
a indicações claras e confusas.
Mas brilham estrelas no céu do poema garantindo que o
    sol chegará na alvorada
iluminando a cena
dando enfim fim ao dilema.

É isso, Seu Destino,
meu dado foi jogado.
Procuro o gentil e interessantíssimo homem do avião,
    do plano de voo,
ou o que dele tiver restado.

Almas peladas

Não gostaria que soubessem
que nunca houve sexo entre nós.
Seria uma derrota.
Saberiam que sou refém de uma ilusão.
Ficaria comprovado que nada disso existiria
se um dia eu não tivesse inventado.
Os mais impacientes me diriam, atônitos:
Ah, para de graça, qualquer criança sabe
que nome disso é amor platônico.
Seriam inúteis os meus poéticos argumentos:
"Como é lindo ver o Vítor falar, e falar, e falar".
E ao final de cada frase,
com o seu olhar a me mirar
falava mexendo o café com a colher
me olhando lírico, "mulher, mulher...".
Era como se a palavra plantasse em mim
uma lavoura inteira de saborosíssimo café,
como se me fertilizasse.
Isso.
Conversar com Vítor era como se
engravidássemos.
Passeios lunares completos,
experiências de êxtases só vistas
na alta combustão do orgasmo.
Era tanta vadiaria na conversarada,

penetrando a madrugada,
tanta epifania,
tantas armadilhas retóricas
almejando que as ultrapassássemos
que falar com Vítor era como se trepássemos.
Como se tivéssemos no meio da multidão a sós.

Por isso não quero que saibam,
que fora a das almas,
nunca houve nudez entre nós.

Aquele abraço

Embora eu nade bem neste tempo,
é no mar de tua ausência o exercício.
Quando tu saíste de um mundo para o outro
    desobedeceste as leis do que é fictício,
pulaste o muro da ilusão
confundiste o coração do meu ofício
e me deixaste errante
de um lado e outro
do egípcio da razão,
do árabe da questão.

O coração segue verdejante e mamulengo,
passando pousado nas costas de alguma nuvem de
    novembro, dizendo baixinho:
Alô, alô, Realengo.

O retorno

Não está sendo fácil reencaminhar Vítor para o caminho
da ficção.
Morava ali, impecável, protegido pelo cuidadoso gume da
imaginação.
Vivíamos bem, de verdade.
Quando se viu dentro da realidade,
me disse coisas lindas,
e enfeitou de beijos as deliciosas conversas atravessando
as madrugadas,
espalhou no caminho alguns
sinais que julguei que me chamavam.
Perguntei: É errado pensar que você cortou o cabelo pra
mim?
Ele confirmou:
Cortei pra você sim, pra tudo que esse encontro traz,
mulher!
Acreditei pro lado errado,
e achei que não podia ser
só amizade... nem um enredo qualquer...
Entendi que era, sem dúvida,
aquela gira gostosa
entre um homem e uma mulher.
Não, não era verdade.
Aqui dentro da realidade,
dentro da realidade na verdade,
Vítor não me quer.

Serviço de inteligência

Quando a lógica se estabelece
esticada na frente da mesa de análises,
na nossa cara, não há como fugir,
nem se fingir de inocente:
definitivamente Vítor não tem comportamento para
ser gente.
Não sabe. Paciência.
Agora é trabalho da autora, do autor.
Achar o mais rápido possível a porta da ficção para o real,
por onde ele escapou.

Cerimônia da readaptação

Sentir-se-á deslocado na página?
Sentirá falta da factualidade vivida nos beijos da autora?
Reconhecer-se-á em casa, no bojo da ficção,
de novo na antiga página de ouro do meu caderno
em que desde que nasceu habita?
Na terra de areia branca onde é pepita a brilhar na luz
    que entra de tarde
pelas janelas dos diálogos imensos que o sol
passa em revista?

Responde, ó viagem,
responde, ilusão, pensamento!
Responde.
Escrevo na asa ao vento dentro do planeta turbulência
onde nos encontramos na primeira vez, mas você não
    está aqui.
Espreita, pra voltar a ser habitante da página, alucinação.
(Trago no embornal, na bagagem de mão,
castanhas e uma garrafinha com iogurte
de morango batido de tarde com maracujá.
Está à mão.
Sou do bloco independente e não fico refém
da refeição do avião que há muitos anos não acerta uma.
Não entendem o conceito de comida
e nada que me servem dentro dos voos daqui

se parece com o que comi lá na terra.)
Você ainda está aí, Vítor?
Me escuta no nosso esconderijo improvável?
Pareço doida?
Não lhe sei explicar, meu cúmplice,
ó muso falante de minha literatura.
Escrevo porque sei que não encontramos a toda hora
os personagens que criamos,
nossos pedaços de poemas,
fragmentos de sonhos por aí.
Quem se depara com o que inventou sem saber que antes existia,
não pode tratar como banal tal física e material epifania.
Escrevo porque você caminha de volta ao seu país de origem,
à lúdica lírica invenção de onde brotou
e, tendo se adiantado dando passos firmes em direção à realidade,
ficou sem saber o que fazer depois.
Isso acontece uma vez na vida.
Por isso,
antes que nunca mais eu veja a sua alma de minha ilusão revestida,
você sai do que chama verdade e volta pra cá, para a minha outra vida.
Lhe retorno ao meu canto,
ao reino das palavras preferidas,

ao território do encanto.
Pra você, Vítor, passará
todo o eterno do nosso enquanto,
e ainda assim,
é para você o meu espanto.

Um homem volta ao seu campo

Lentamente,
Vítor se encaminha para onde nascera e onde mora
sempre.
Ali não falta nunca e tudo pode.
Seu campo é vasto,
sem medida.
É permanente.
Já que de nós dois
quem um dia irá morrer sou eu,
ele vem,
sabendo desta sua qualidade:
Viver em livro é mais duradouro.
Sempre que alguém o ler
será soprado pelo ar da eternidade.
Lentamente,
dado o meu não querer,
o meu desejo de tê-lo
ao alcance da minha boca
em plena vigência da realidade,
considerando
meus inúmeros artifícios
de mantê-lo aqui,
rente ao corpo da minha intimidade
e também considerando a minha má vontade

em vê-lo partir dos meus dias fora daqui do papel,
ele vem voltando remotamente.
Retorna em câmera lenta
para sua história.
Volta a ser parte do enredo.
Volta para o imenso país da ficção!
Ele que um dia saltou daqui e,
como uma visagem, se embrenhou na realidade.
Ele um que um dia me abordou dentro da nave, do avião,
tal qual um pássaro,
com um buquê lírico de três palavras cartas,
no bico ou nas mãos, e me apareceu dizendo:
Cheguei, sou eu!

Agora,
é chegado o homem ao seu lugar:
O vasto campo florido do meu desejo.
O vapor *fog* da imaginação,
o escrito território
de minhas escolhas,
meu caderno de compreensão,
meu coração de folhas.
De longe avisto Vítor.
Vem o homem na curva do caminho,
sempre o mesmo homem belo,
caminhando pela bruma

desembarcado da ilusão.
Vem voltando pra casa,
traz o cavaquinho, por precaução.

Daqui a pouco já está na sala.
Regressa agora à página
o meu doce anfitrião.

FIM.

Sumário

FONTES Freight Text Pro e Alverata Irregular
PAPEL pólen bold 90g/m^2
IMPRESSÃO Gráfica Assahí, setembro de 2024
1ª edição